Méchant Minou

CONTRE SON GARDIEN

■SCHOLASTIC

Méchant Minou

CONTRE SON GARDIEN

Auparavant intitulé *Méchant Minou contre oncle Maurice*

NICK BRUEL

TEXTE FRANÇAIS D'HÉLÈNE PILOTTO

SCHOLASTIC

Catalogage avant publication de Bibliothèque et Archives Canada

Titre: Méchant Minou contre son gardien / texte et illustrations de Nick Bruel ;
texte français d'Hélène Pilotto.
Autres titres: Bad Kitty vs the Babysitter. Français
Noms: Bruel, Nick, auteur, illustrateur.
Description: Traduction de : Bad Kitty vs the Babysitter. | Publié antérieurement sous le titre :
Méchant minou contre oncle Maurice, 2013.
Identifiants: Canadiana 20220395764 | ISBN 9781443197014 (couverture souple)
Classification: LCC PZ23.B774 Med 2023 | CDD j813/.6—dc23

Édition publiée par les Éditions Scholastic, 604, rue King Ouest, Toronto (Ontario)
M5V 1E1, Canada, en vertu d'une entente conclue avec Roaring Brook Press.

Mise en couleurs : Crystal Kan

5 4 3 2 1   Imprimé en Chine 38   23 24 25 26 27

MIXTE
Papier issu de
sources responsables
FSC® C144853
www.fsc.org

À Neal

• TABLE DES MATIÈRES •

CHAPITRE 1
LE PARADIS DES CHATS 9

CHAPITRE 2
SAUVE QUI PEUT! 39

CHAPITRE 3
PENSÉES FÉLINES 53

CHAPITRE 4
ONCLE MAURICE CONTRE-ATTAQUE . . 65

CHAPITRE 5
LA CHASSE AUX CHATS 87

CHAPITRE 6
LES MINETS À LA RESCOUSSE 99

CHAPITRE 7
SEUL AU MONDE 131

ÉPILOGUE 147

GLOSSAIRE 156

• CHAPITRE 1 •

LE PARADIS DES CHATS

BIENVENUE, MINOU!

Bienvenue au Paradis des chats. Ici, tout se mange! La **NOURRITURE** est partout... et elle n'attend que ton bedon!

Les montagnes sont faites de croquettes. Les arbres sont en saucisses et en bacon. Des boîtes de nourriture surgissent de terre et le sol est couvert d'herbe à chat.

Vas-y, Minou! Mange! MANGE! Tout est à toi! Les rochers sont faits de dinde et d'abats. La terre, c'est du thon, et les rivières charrient des torrents de sauce à la viande.

Et le plus merveilleux, c'est que tu es SEUL ici! Il n'y a personne d'autre. Pas de chien pour t'embêter. Pas d'humain pour te donner un bain. Personne. Juste toi.

Attention, Minou! Ne touche pas à cette boîte. À l'intérieur, il y a un foie de poulet géant.

OH NON! TROP TARD! Le foie de poulet géant va tomber! Attention, Minou! ATTENTION!

OUPS!

Excuse-moi, Minou. J'espère que je ne t'ai pas
réveillé en posant ma valise.

C'est bien ça, Minou. On part en voyage.
On sera absents quelque temps.

Mais non, pauvre Minou! Tu ne peux pas venir avec nous. Toi, tu restes ici avec Toutou.

Ne le prends pas comme ça, Minou. On ne sera partis qu'une semaine. Et quand on reviendra, on aura une BELLE GROSSE SURPRISE pour toi!

Mais oui, Minou. **UNE BELLE GROSSE SURPRISE!** Tu aimes les surprises, pas vrai?

Tu ne seras pas seul toute la semaine. Quelqu'un va rester avec Toutou et toi. Il va vous nourrir et prendre soin de vous durant notre absence.

Tiens, ce doit être lui.

Où est passé Minou? Bon... Au moins, Toutou montre un peu d'enthousiasme. Il veut savoir qui sonne à la porte.

C'EST CE BON VIEIL ONCLE MAURICE!

Ah, te voilà, Minou! Tu ne viens pas saluer ce bon vieil oncle Maurice?

Aaah! Ça, c'est un bon chien-chien!

VIENS PAR ICI QUE JE TE MANGE TOUT ROND ET QUE JE TE DÉCHIQUETTE AVEC MES GRANDES DENTS POINTUES!

PUIS, JE VAIS T'AVALER ET TU VAS TOMBER AU FOND DE MON GROS BEDON! MOUAH-HA-HA-HAAAA!

33

MONONC' MAURICE, LE CURIEUX

Je me posais justement le question.

CERTAINS CHATS ONT PEUR DES GENS. POURQUOI?

« Peureux comme un lièvre », dit le dicton, et pourtant, il aurait très bien pu dire « peureux comme un chat »! En effet, tout le monde sait que le chat est un animal méfiant de nature. Pour lui, la peur est un moyen de survie très précieux.

Un chat ne pèse en moyenne que 4,5 kg. Imagine comment tu te sentirais si tu habitais avec quelqu'un qui était presque VINGT FOIS PLUS GROS que toi! C'est ce qui se passe quand un chat vit avec un être humain. Alors, avoir d'excellents réflexes devient vital afin d'éviter qu'on lui marche dessus ou qu'on s'assoie malencontreusement sur lui.

CHAT : ENVIRON 4,5 KG

GROS BONHOMME À L'AIR SIMPLET, AUTEUR DE CE LIVRE : 84 KG

TANT QUE ÇA? CE LIVRE SEMBLE ME GROSSIR!

Il arrive qu'un chat développe une peur excessive des humains. Cela peut se produire quand un chaton grandit sans jamais côtoyer de gens. Cela peut aussi arriver si un chat ou un chaton a vécu une expérience négative avec un humain.

Mais je suis un bon gars, moi! Je ne ferais pas de mal à une mouche, encore moins à un chien ou à un chat, bêta ou pas.

Cela n'y change rien. Tout naturellement, un chat va écouter son instinct, qui lui dicte d'être prudent en présence des êtres humains, surtout les étrangers. La meilleure façon d'habituer un chat à ta présence, c'est d'être patient, doux et calme avec lui. Surtout, ne t'offusque pas de sa réaction.

Un dernier conseil... Épargne-lui les bruits forts et soudains. Les chats détestent ça.

Pas de bruits forts et soudains. Parfait! Non, mais pour qui me prenez-vous? Tout le monde sait ça!

Au revoir, oncle Maurice! Merci de prendre soin de Minou et de Toutou pendant notre absence! Bonne semaine!

Ah oui! Il faut pousser très fort sur la porte pour bien la fermer. Sinon, elle risque de s'ouvrir.

D'accodac! Salut! Amusez-vous bien!

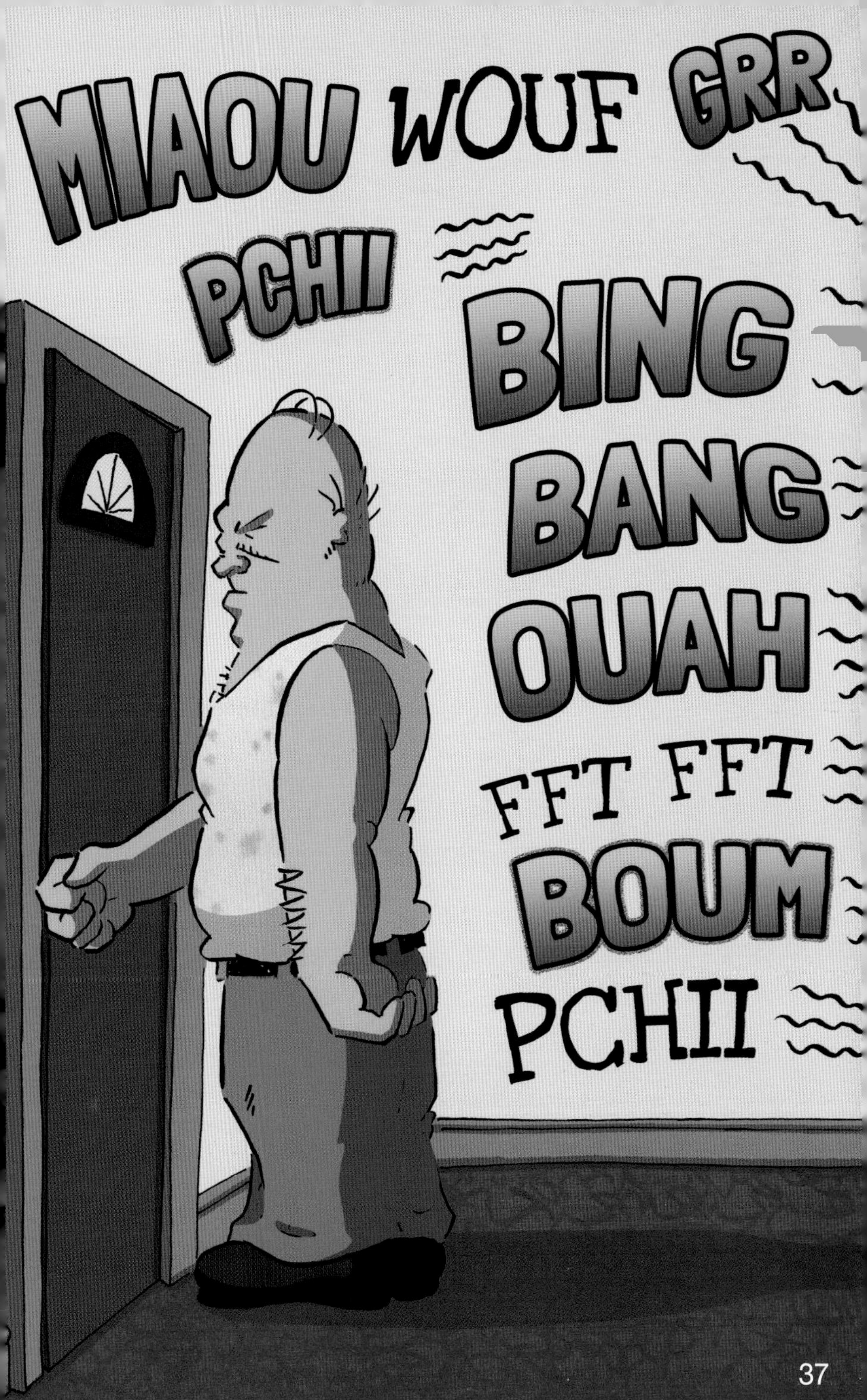
MIAOU WOUF GRR
PCHII
BING
BANG
OUAH
FFT FFT
BOUM
PCHII

• CHAPITRE 2 •

SAUVE QUI PEUT!

44

47

• CHAPITRE 3 •

PENSÉES FÉLINES

DEUX MINUTES PLUS TARD…
SANS NOURRITURE NI EAU. LE MONSTRE RÔDE TOUJOURS AVEC SES GROS PIEDS. LE CHIEN EMPESTE.

APRÈS 16 MINUTES...

PLUSIEURS SEMAINES SE SONT
ÉCOULÉES. J'AI TELLEMENT FAIM. JE
DOIS MANGER SINON JE VAIS MOURIR!
LE MONSTRE VA LE REGRETTER.
TANT PIS POUR LUI. LE MONSTRE
EST AUSSI NIAISEUX QUE LE CHIEN.

• CHAPITRE 4 •

ONCLE MAURICE
CONTRE-ATTAQUE

GOBE
CROC
MIAM
TCHONQU
GRING
GLOU
VLOUP
CLOC
AAH
MIAM
MINOU
MMN
GOBE
GRIN

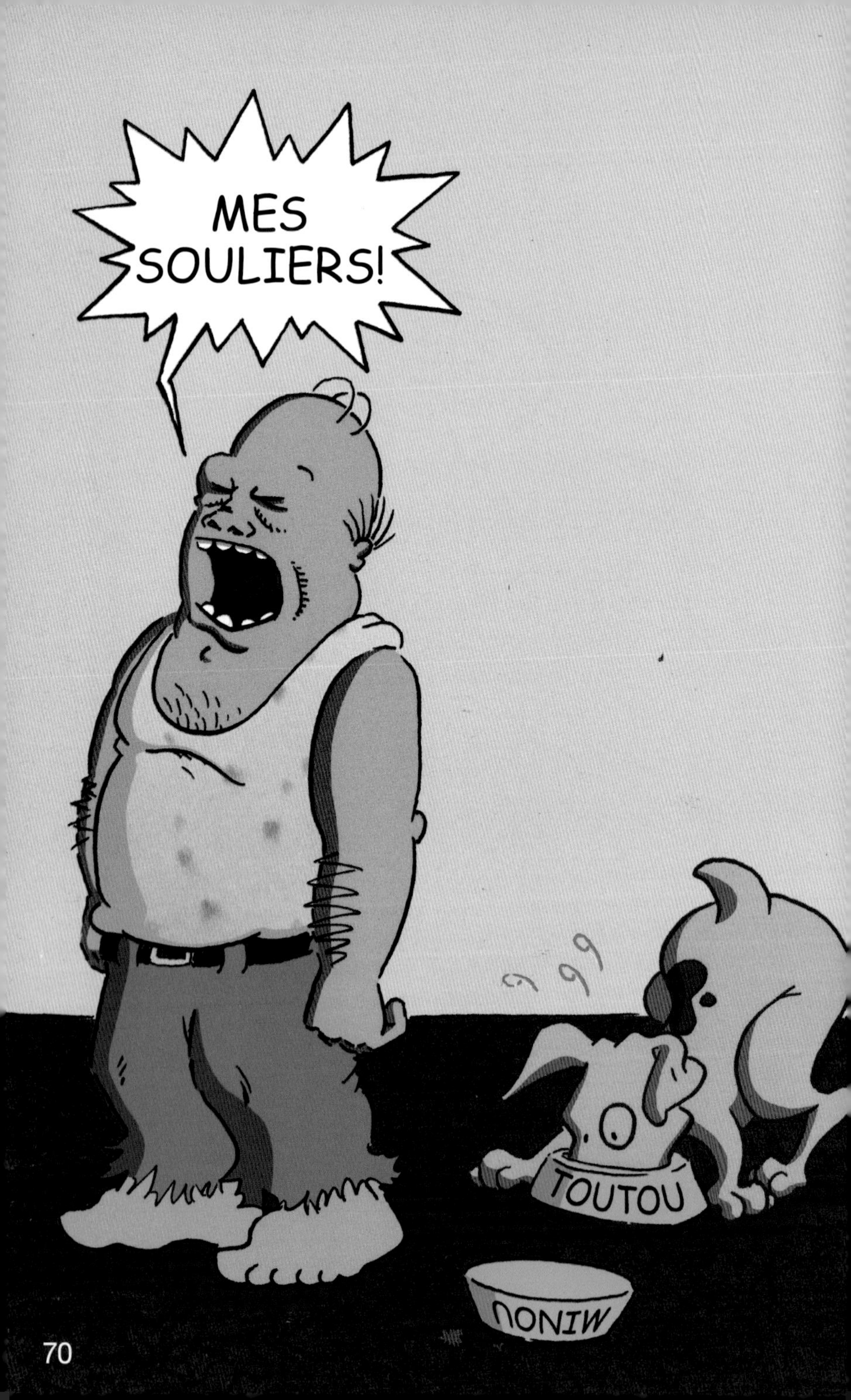
MES SOULIERS!
TOUTOU
MINOU

Tu sais, Toutou, quand j'étais petit, j'avais un chien qui te ressemblait beaucoup. C'était un bon chien, lui aussi.

Je l'avais baptisé Sam. Je l'avais trouvé dans une ruelle près de chez moi. Il était perdu et affamé. Il était tout blanc avec des taches noires sur la tête et aux pattes arrière.

Je lui avais lancé la moitié de sandwich qu'il me restait de mon dîner. Eh, monsieur! Tu aurais dû le voir! Il était tellement content d'avoir enfin quelque chose à se mettre sous la dent. On aurait dit qu'il n'avait rien mangé depuis un an! Ce n'était pourtant que du saucisson. Sans moutarde, en plus!

J'ai pris ma ceinture et j'en ai fait un collier et une laisse. Je pensais que Sam refuserait de me suivre, mais non! Il a jappé joyeusement et m'a léché la main tout le long du trajet jusqu'à la maison.

Mais il y avait un problème. Ma mère m'interdisait de garder Sam à la maison à cause des allergies de ma petite sœur. Ça devait être vrai, parce que ma sœur est encore allergique aux chiens, aujourd'hui.

J'ai proposé à ma mère de garder Sam dans ma chambre, mais elle m'a dit que ce n'était pas une solution. Elle avait raison.

J'ai donc dû me résigner à faire la seule chose possible dans un cas pareil : j'ai conduit mon petit Sam à un refuge pour chiens. Là-bas, ils l'ont nourri et ont pris soin de lui.

Les gens du refuge étaient vraiment gentils avec Sam. Il avait une cage pour lui tout seul et il profitait de la compagnie des nombreux chiens du refuge. Mais le plus chouette, c'était que les gens du refuge me permettaient de visiter Sam chaque jour après l'école. Et c'est ce que j'ai fait!

Je suis allé le voir tous les jours. Chaque fois qu'il me voyait, il bondissait vers moi, me faisait tomber à la renverse et me léchait le visage comme pour me dire : « Sapristi, je suis content de te voir! Où étais-tu passé? »

Chaque jour, je lui
enseignais un
nouveau tour.
Je lui ai appris
à s'asseoir et à
attendre. Je lui ai
appris à donner la
patte et à rouler
sur lui-même. Je lui
ai même enseigné la
géographie. NOOON!
C'est une blague.
Mais Sam était très
intelligent.

ATCHOUM!

On s'est bien
amusés, lui et moi!
Mais un jour, en
arrivant au refuge,
j'ai trouvé sa cage vide.

Une dame du refuge m'a expliqué qu'une famille
était venue la veille, juste après mon départ.
Ces gens avaient eu un coup de foudre pour Sam
et avaient décidé de l'adopter. Elle m'a dit qu'ils
étaient très gentils. Ils avaient promis de le nourrir
correctement et de prendre bien soin de lui. Cela
ne m'a pas consolé. J'ai éclaté en sanglots. On aurait
dit les chutes du Niagara! Bien sûr, Sam ne vivait
pas chez moi, mais c'était quand même MON CHIEN!

J'étais convaincu que je ne le reverrais jamais.

Un jour, environ un an plus tard, alors que je traversais le parc, j'ai vu une fillette qui jouait avec un chien. Il ressemblait beaucoup à mon Sam. Il était tout blanc avec des taches noires sur la tête et sur les pattes arrière. C'était lui! Il avait l'air de bien s'amuser avec la petite fille. Je l'ai même vu faire les tours que je lui avais enseignés.

Sur le coup, j'ai eu beaucoup de peine en voyant la fillette jouer avec mon chien. MON CHIEN. Je les ai regardés s'amuser et j'ai réalisé que Sam était heureux. Au bout d'un moment, je me suis dit que, dans le fond, ce que j'avais toujours voulu pour ce pauvre chien perdu et affamé, assis tout seul dans la ruelle, c'était quelqu'un pour s'occuper de lui et pour le nourrir. Et c'était exactement ce qui s'était produit, non?

J'avais aimé ce chien. Ce jour-là, j'ai su que quelqu'un d'autre l'aimait tout autant.

MONONC' MAURICE, LE CURIEUX

LES CHATS ONT-ILS PEUR DES ASPIRATEURS?

C'est surtout le bruit intense produit par l'aspirateur qui effraie les chats, plus que l'appareil lui-même. La plupart des chats réagissent sur-le-champ à un bruit fort et soudain, comme un klaxon, un feu d'artifice ou un cri humain.

Les chats ont une excellente ouïe, encore meilleure que celle des chiens. En réalité, un chat entend trois fois mieux qu'un humain. Voilà pourquoi il entend une souris trottiner dans le gazon à dix mètres de lui. Mais c'est aussi pour cette raison que les chats supportent particulièrement mal les bruits intenses et qu'ils en ont peur.

La peur des bruits forts est un autre moyen de survie des chats. Pour eux, si un faible bruit est le signal qu'une proie se trouve tout près, un bruit très fort équivaut à une sonnette d'alarme dans leurs oreilles. Une sonnette qui signifie DANGER, c'est-à-dire RIPOSTE ou PRENDS LA FUITE.

Quand un chat a peur, sa réaction naturelle est souvent de s'enfuir ou de se cacher. Mais s'il se sent piégé ou coincé, il va parfois choisir de rester immobile pendant que son corps prend une allure inhabituelle.

D'abord, chaque poil de sa fourrure se dresse. Puis, le chat arrondit le dos en utilisant ses soixante vertèbres – les humains n'en ont que trente-quatre, en passant. Cette position le fait paraître bien plus gros : une tactique efficace pour intimider ses ennemis. Mais le signe dont il faut se méfier le plus, c'est quand un chat pointe ses oreilles vers l'arrière. Le chat adopte cette position quand il a l'intention d'attaquer, tout en voulant protéger ses oreilles très sensibles. Il s'agit d'un signal clair : il vaut mieux t'éloigner d'un chat TRÈS fâché, car il pourrait bien t'attaquer.

• CHAPITRE 5 •

LA CHASSE AU CHAT

*Écoutez!

FANTASTI-CHAT
ET MAXI SOURIS
LE PRODIGIEUX RONGEUR

• CHAPITRE 6 •

LES MINETS
À LA RESCOUSSE

101

105

*Laisse-nous entrer, « CHAT » PRESSE!

MIA
MI
MIAOU
MIAOU MI
MIAOU
MIAOU MI
MIAOU M
MIAOU
MIAC
M

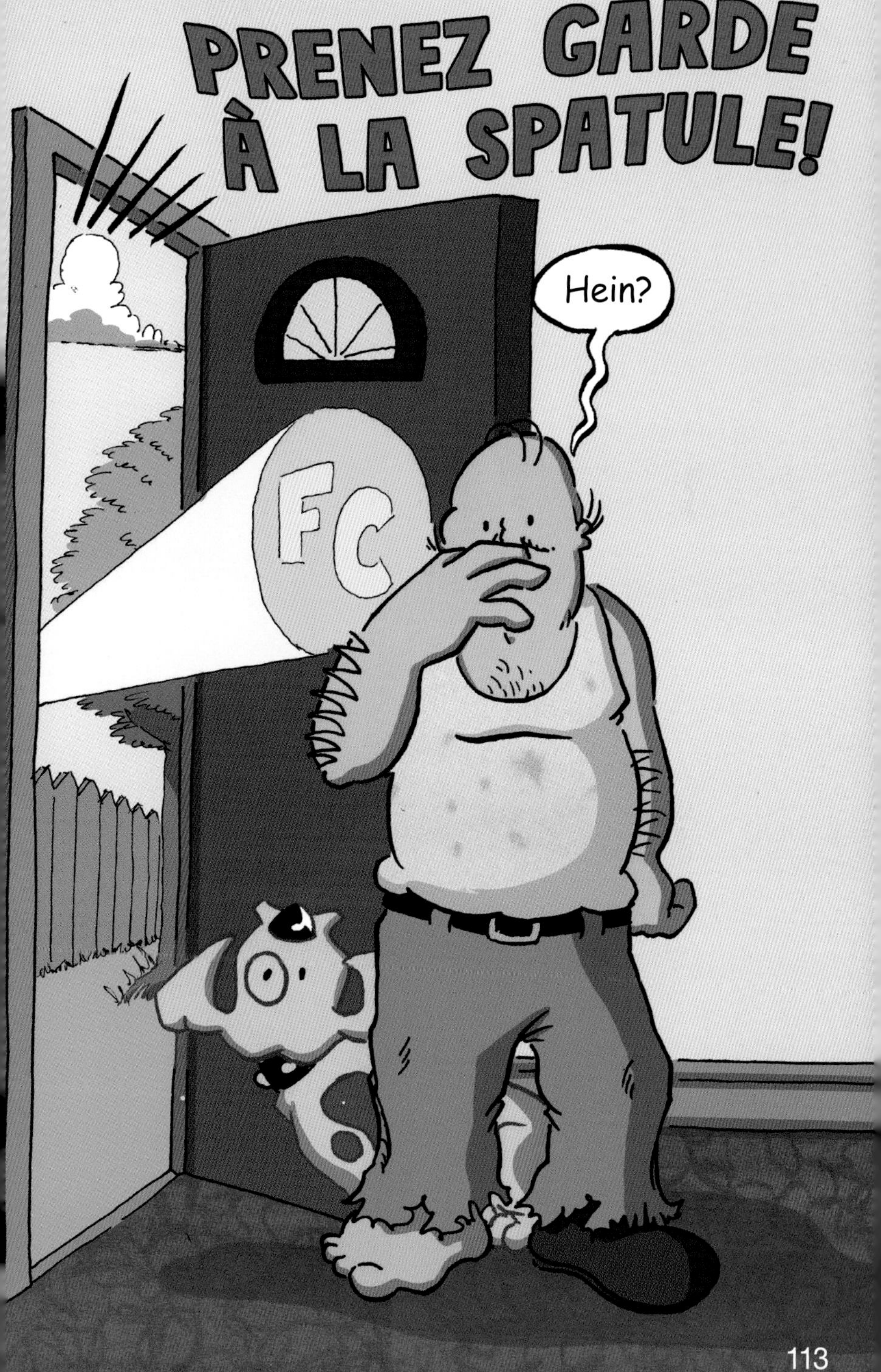
PRENEZ GARDE À LA SPATULE!
FC
Hein?

117

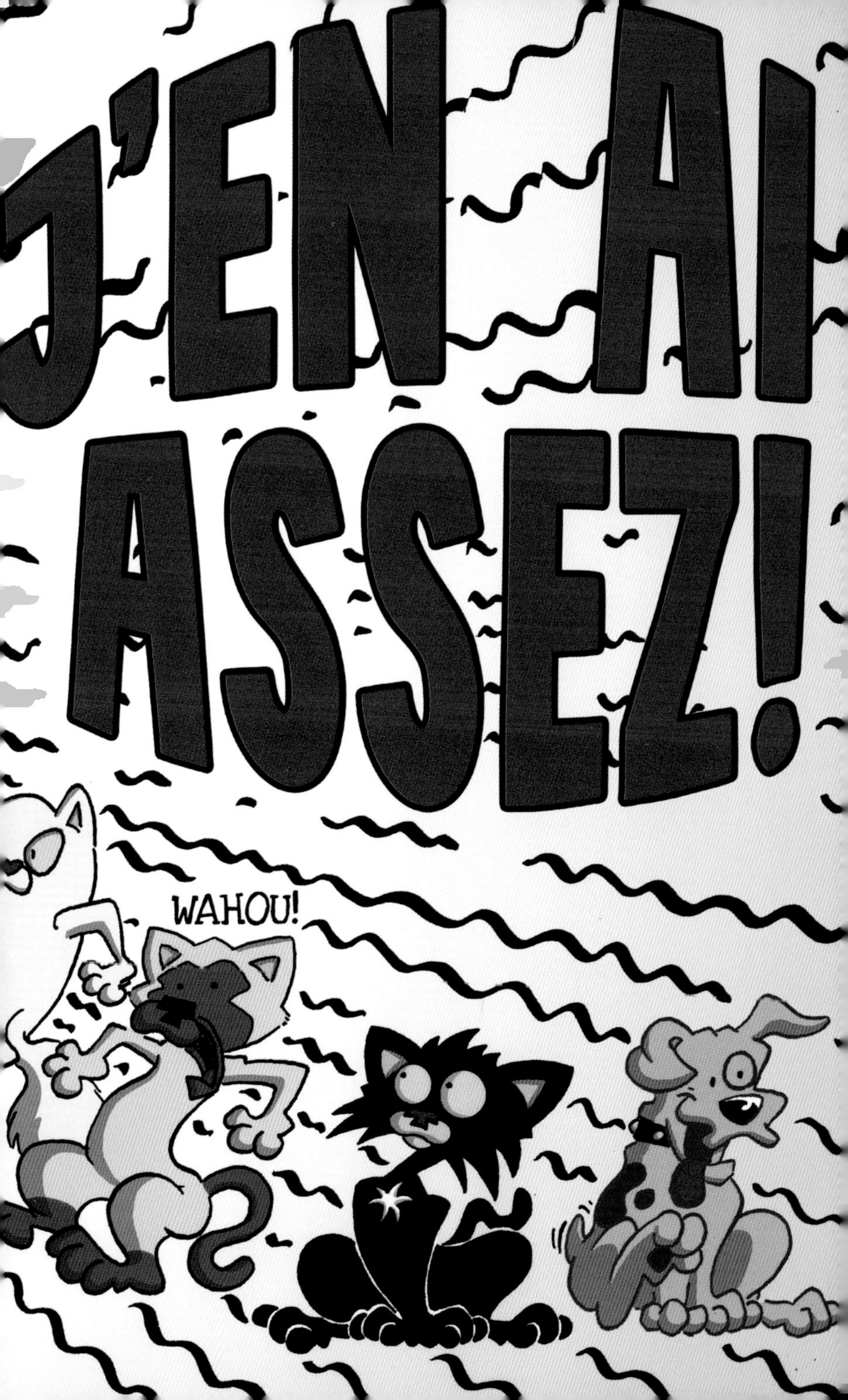
J'EN AI ASSEZ!
WAHOU!

121

123

129

VLAM!

SALUT, MÉCHANT MINOU!

• CHAPITRE 7 •

SEUL AU MONDE

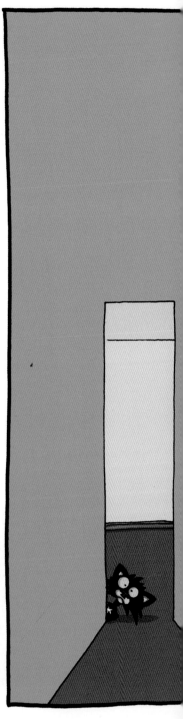

MONONC' MAURICE, LE CURIEUX

CERTAINS CHATS CRAIGNENT LA SOLITUDE. POURQUOI?

C'est bien connu, les chats sont des animaux indépendants. En liberté, ils se débrouillent bien seuls. Mais lorsqu'ils sont domestiqués, ils développent habituellement un lien affectif avec leur propriétaire.

On parle de lien affectif quand un chat devient très proche d'un humain et même dépendant de lui pour sa nourriture et sa sécurité.

Toutefois, lorsque ce lien est brisé, même pendant un court moment, il arrive que certains chats vivent « l'angoisse de la séparation ». As-tu déjà vu un bébé pleurer parce que sa mère avait quitté quelques secondes la pièce où il se trouvait? C'est un bon exemple d'angoisse de la séparation. Et même un chat peut en souffrir.

Si on laisse un chat seul trop longtemps, il va se mettre à miauler pour savoir s'il y a quelqu'un dans la maison, exactement comme le ferait un bébé en pleurant. Un chat peut même perdre l'appétit et refuser de manger en raison d'une trop grande nervosité. Les plus angoissés iront jusqu'à s'arracher des touffes de poils.

Comme pour toutes les peurs, la solution consiste à laisser l'animal s'adapter progressivement à ce qu'il craint. Les chats peuvent s'adapter très vite à une nouvelle situation.

Si ton chat a peur de toi, reste à l'écart au début. Approche-toi de lui un peu plus chaque jour, tout en le laissant aussi s'approcher par lui-même. Si ton chat est effrayé par les bruits forts, essaie de réduire le niveau sonore, les premiers temps. Puis, expose-le à des bruits de plus en plus forts au fil des jours.

Si ton chat craint la solitude, laisse-lui le temps de s'y habituer. Il va vite comprendre que tu finis toujours par rentrer. Au début, il détestera être laissé seul, mais avec le temps, il saura qu'il n'a rien à craindre puisque tu finis toujours par revenir.

143

BING
BANG
WOUF
Hum… Quelque chose me dit que la semaine sera QUAND MÊME très longue.
POUM
PCHII

• ÉPILOGUE •

Merci beaucoup, oncle Maurice, d'avoir si bien pris soin de Minou et de Toutou. Je sais qu'ils donnent parfois du fil à retordre. J'espère qu'ils ont été sages.

Poisson.

Pardon? Qu'avez-vous dit, oncle Maurice?

Les poissons ne mordent pas, ne crient pas, ne vous pourchassent pas dans la maison et ne vous donnent pas de coups de spatule sur la tête. Ils se contentent de nager en rond et de faire de jolies petites bulles qui ne font de mal à personne. En plus, ils sont mignons. Mignons comme de petits arcs-en-ciel. Les poissons.

Les poissons ne mordent pas, ne crient pas, ne vous pourchassent pas dans la maison et...

Hum… Eh bien, au revoir, oncle Maurice.
Et merci encore!

BONJOUR, MINOU!
T'es-tu ennuyé de nous?

HUMF

Oooooh! Nous aussi, on s'est ennuyés de toi, Minou!

HÉ! As-tu oublié la BELLE GROSSE SURPRISE qu'on t'avait promise? Tu t'en souviens, HEIN?

EH BIEN, LA VOICI!

La suite dans…
MÉCHANT MINOU ET LE BÉBÉ

• GLOSSAIRE •
QUELQUES PHOBIES

Une phobie est une peur excessive d'objets ou de situations particulières. La plupart du temps, la peur est irrationnelle, ce qui veut dire que la personne qui l'éprouve n'a aucune raison véritable d'avoir peur. Par exemple, un garçon qui a la phobie des vers de terre (la vermiphobie) n'a aucune raison réelle d'avoir peur d'eux, sinon qu'il les trouve effrayants et qu'il refuse de s'en approcher.

Environ 10 % des Américains ont une phobie... soit plus de 30 millions de personnes! Autrement dit, les phobies sont très courantes. Il ne faut donc pas en avoir honte.

Différents types de phobies sont illustrés dans ce livre. En réalité, il en existe plus de 500. En voici quelques-unes.

Agrizoophobie : la peur des animaux sauvages.

Ailurophobie (ou élurophobie) **:** la peur des chats.

Amychophobie : la peur des égratignures ou de se faire griffer.

Cynophobie : la peur des chiens.

Phonophobie : la peur des bruits forts, mais aussi des voix ou de sa propre voix.

Lilapsophobie : la peur des ouragans ou des tornades.

Monophobie : la peur d'être seul.

Olfacophobie : la peur des odeurs, bonnes ou mauvaises.

Péladophobie : la peur des personnes chauves.

Phagophobie : la peur d'avaler, de manger ou d'être mangé.

Phigérophobie : la peur d'être étranglé ou étouffé.

Tératophobie : la peur des monstres.

• À PROPOS DE L'AUTEUR •

NICK BRUEL est l'auteur-illustrateur de la
série à succès *Méchant Minou*, comprenant
notamment *Méchant Minou et le bébé* et
Méchant Minou : Président. Nick a aussi écrit et
illustré des albums à succès comme *A Wonderful
Year* et *Bad Kitty: Searching for Santa*. Il vit à
Westchester, New York, avec sa femme et sa
fille.